사랑이란
단 하나의 별을 바라보는 두 마음이다

사랑하는 이들의 밤하늘은 유난히 맑고
별들은 한결 더 반짝인다

이 순간
이 시간
이 삶

일러두기

1. 『박이문 아포리즘』은 1권 『이 순간 이 시간 이 삶 – 아름다운 선택을 위하여』와 2권 『저녁은 강을 건너오고 시간은 얼마 남지 않았다 – 아름다운 인연을 위하여』로 구성되어 있다. 『박이문 아포리즘 1, 2』는 박이문 선생의 모든 저서 가운데서 가려 뽑은 것이다. 저작권자의 허락을 받아 원문은 현재의 맞춤법으로 통일하였고, 좀더 쉽게 읽을 수 있도록 교정·교열하였다.

2. 『박이문 아포리즘』은 '진리를 향한 지적 여정'으로 평생을 바친 박이문 선생의 인문학적·철학적 지혜를 오늘의 현 세대에게 보다 쉽고 보다 많이 읽히게 하자는 의도로 기획되어, 편집 구성과 디자인의 방식도 원문과는 달리 새롭게 만들었다.

3. 아포리즘(aphorism)은 깊은 체험적 진리를 간결하고 압축된 형식으로 나타낸 짧은 글로 금언이나 격언, 경구, 잠언을 뜻하는 말이다. 가장 유명한 아포리즘으로는 히포크라테스의 "예술은 길고 인생은 짧다"(히포크라테스, 『아포리즘』)라는 말이 있다. 『박이문 아포리즘』은 나무와 산과 숲과 동물과 별의 언어로 이성을 밝히고, 그 속에서 따뜻하고 아름다운 인간의 감성을 빚어낸다. 때문에 『박이문 아포리즘』에는 각박하고 삭막한 현대를 살아가는 우리에게 가혹하고 고독한 시간을 견뎌내서 저마다 아름다운 삶의 꽃을 피워내게 하는 희망과 용기의 메시지가 담겨 있다.

『박이문 아포리즘』 편집위원회

우리시대
인문학의 거장
박이문
아포리즘
I

이 순간
이 시간
이 삶

아름다운
선택을
위하여 ─────

미다스북스

내가
돌아가고
싶은 곳은

지금까지 걸어온 과거를 뒤돌아보는 때가 있다. 내게도 나름대로 돌아가고 싶은 시절들이 있다. 더불어 살아가는 사회는 잊을 수 없는 소중하고 아름답고 즐거운 경험의 터전이다. 언제고 되돌아가 다시 만나고 싶은 사람들, 다시 환기시키고 싶은 사건들, 다시 맛보고 싶은 아름답고 따뜻한 경험은 누구에게나 있다. 내 경우는 50대의 보스턴 시절, 30대의 파리 시절, 충청도 벽촌에서의 유년 시절로 나누어볼 수 있다.

미국 동부의 보스턴에서 철학교수로 직업을 갖기 시작한 지 7, 8년이 지난 40대 후반부터 나는 수업 준비에 그 이전처럼 시달리지 않았고, 경제적으로 조금 안정을 찾게 되었다. 은퇴를 하고 아주 귀국할 때까지 찰스강가의 한 아파트에 살면서 나는 그곳의 고풍스럽고 학문적인 분위기와 그 주변의 아름다운 자연 환경을 만끽했던 삶이 지금도 자주 그립고 아쉽다.

파리 시절 5년간의 유학생활은 내 생애에서 지적으로 가장 뿌듯한 성장을 한 시기였다. 정말 나의 지적 지평선이 그곳에서 활짝 열렸고, 내가 택한 삶에 대한 타오르는 열정으로 불타고, 지적 가능성에 대한 자신감을 얻을 수 있었다. 지적, 실존적 도취에 빠졌었다고 할 수 있는 그 시절을 내가 어찌 쉽게 잊을 수 있겠는가. 나는 그때 무척 고생스러우면서도 무척 행복했다.

가장 근원적으로 내가 되돌아가고 싶은 때는 아버지의 무릎 위에서 아버지의 가시같이 깔깔한 코밑 수염을 만지며 귀여움을 받기도 하고, 눈오는 겨울밤에 따뜻한 안방에 깔아 놓은 넓은 요와 이불 위에서 거꾸로 뒹굴며 자빠지고 낄낄대며 두 살 위 누나와 잠들 때까지 놀았던 철몰랐던 어린 시절이다. 지금도 살아 있다는 게 좋지만, 그때는 정말 즐거웠다.

그러나 누가 내게 진정 그 시절로 돌아가고 싶냐고 묻는다면?
나는 이렇게 대답하리라.

"지나간 경험이 아무리 귀하더라도 내가 정말로 돌아가고 싶은 곳은 바로 지금 영원한 현재, 이 순간, 이 시간, 이 삶이다!"

박이문

차례

Part 1
단 한순간
이라도

Part 3
단 하나의
별을
바라보며

Part 4

더 늦기
전에

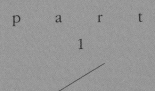

part

1

단
한
순
간
이
라
도

001

지금 이 순간

지나간 경험이 아무리 귀하더라도
내가 정말 돌아가고 싶은 곳은
바로 지금 영원한 현재

이 순간, 이 시간, 이 삶이다.

단 한순간이라도
삶의 절정으로

삶의 절정에 단 한 번만이라도
단 한순간만이라도 닿는다면

아름다운 삶이란

아름다운 삶은 인간다운 삶이다.
도덕적, 심미적으로
어떻게든 인간다운 가치를 최대한 실현하려고 노력한 사람은,
그가 당장 죽어 곧 흙으로 돌아간다 해도
무한히 귀중하고 아름답다.

혼자만의 시간

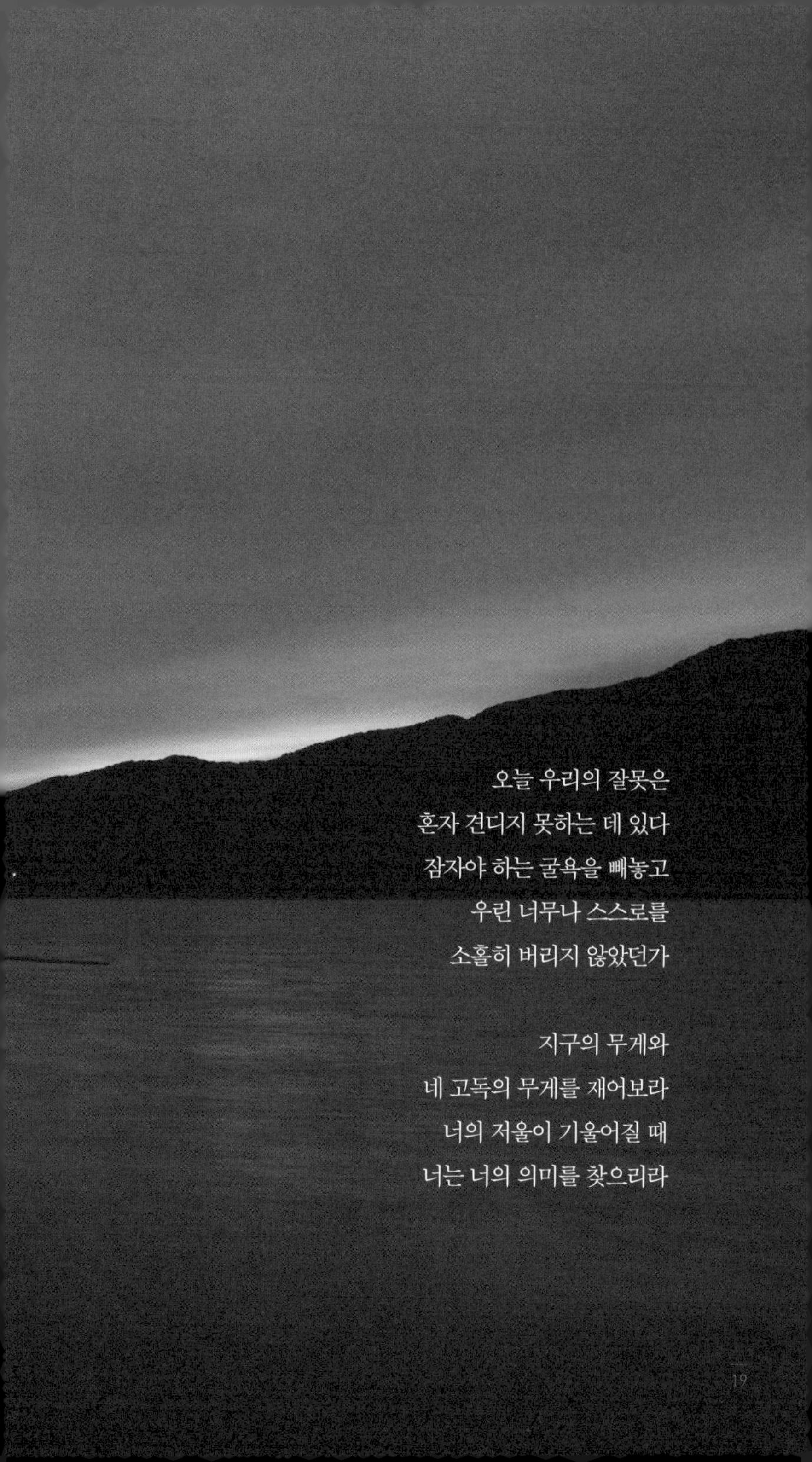

오늘 우리의 잘못은
혼자 견디지 못하는 데 있다
잠자야 하는 굴욕을 빼놓고
우린 너무나 스스로를
소홀히 버리지 않았던가

지구의 무게와
네 고독의 무게를 재어보라
너의 저울이 기울어질 때
너는 너의 의미를 찾으리라

우리가 병든 것은
우리만의 시간을 소음과 바꾼 까닭이다
어느 초라한 역에서
기관수가 별을 바라보듯이
그러한 혼자만의 시간을 찾는다면
우린 슬프지 않으리라

삶이 깊어질수록
꽃처럼
푸른 하늘처럼

삶의 여러 요소 가운데 가장 중요한 것은 삶의 가치다. 젊어서 고통과 좌절을 겪다가 인생을 저주할 수도 있다. 평생을 살아가며 삶의 의미를 찾아보지만 영원히 풀지 못한 채 수수께끼로 남을지도 모른다. 그러나 그런 지적인 어둠 속에서도 우주와 인생의 무한한 아름다움과 엄숙함에 고귀함을 느낄 수 있다. 때문에 우리는 더욱 경건한 마음으로 자신에게 엄격하게 된다. 바로 그때, 인생의 의미와 삶의 가치는 꽃처럼 피어나고 푸른 하늘처럼 높아질 수 있다.

만남과 인연

나의 존재는 무한히 복잡하고 헤아릴 수 없이 많은 만남들의
연쇄적 매듭 속에서 결과한 만남이다.
헤아릴 수 없이 많은 만남의 새로운 고리가 되어
수많은 새로운 만남의 한 그물 마디가 된다.

인연은 순간적이며 일시적이기에,
다시는 되풀이될 수 없기에,
만남과 인연은 더욱 귀중하고,
더욱 아름다운 것이다.

007

오래된 인연

오래된 만남과 인연은 신비하다.

만남의 유일성과 불확실성이 만들어내는 밀도 때문이다. 만남은 극히 신비스러운 우연의 유일한 사건이라는 것, 그렇지만 그 만남은 언젠가는, 아니 당장이라도 끝날 수 있다는, 다시는 되풀이될 수 없다는 사실을 의식할 때 그 만남은 더 깊은 의미를 갖는다.

유일하기 때문에 더 귀중하고, 언제고 깨질 수 있기 때문에, 당장 끝날 수도 있는 무상성 때문에 더욱 애절하고 깊고 아쉽다.

삼십년 혹은 사십년을 살다가도 언뜻 아내의 주름진 얼굴을 쓰다듬거나 남편의 못이 박인 손을 잡으면 새로 만나게 된 인연의 신비스러움에 새삼 놀라지 않는가?

008

생각할수록 신비스러운 세상

생각할수록 신기하고 놀랄 만큼 신비스러운 세상의 방대한 모든 것들이
나의 호기심을 무한히 자극한다.

그것들이 나를 잠에서 깨워 배움에 눈뜨게 한다.

보면 볼수록, 들으면 들을수록, 읽으면 읽을수록
나 자신의 의식을 포함한
이 세상의 모든 존재, 현상, 사건, 생각들 하나하나가
한결같이 나의 지식욕에 불을 지펴
모든 것들을 알고 배우고 싶은 심정으로 몰아넣는다.

009

아이의 눈으로 세상을 보라

저 산 너머에는 무엇이 있으며, 이 동네를 벗어나면 어떤 동네가 있고, 바다 건너에는 어떤 사람들이 어떤 나라에서 어떻게 살고 있는지 궁금하다. 밤과 낮이 어떻게 바뀌는지, 비가 왜 오는지, 원자나 유전자의 구조와 그 존재원리는 무엇인지.

어째서 꽃은 아름답고 쓰레기는 추하단 말인가?

010

시간은 보이지 않는다

잡히지도 들리지도 않는다.
존재하지 않는지도 모른다.

그러나 누구나 그 속에서 쫓기며
산다.

011

시간은 자국을 남긴다

시간은 모든 것에 자신의 자국을 남긴다. 싹이 난 화초, 핀 꽃, 시들어진 나뭇잎, 옹이가 진 소나무, 매끈거리게 닳은 대리석 계단, 주름진 얼굴, 백발이 된 머리카락, 빠진 이, 꼬부라진 허리, 시집간 딸, 로마의 폐허 등은 시간이 밟고 간 자국들이다. 나무를 자르면 시간이 감고 간 연륜을 역력히 볼 수 있다. 얼굴에 늘어가는 주름살이 사람의 연륜을 말해 준다. 시간 속에서만 살고, 시간 속에서만 존재할 수 있기에 싫어도 연륜에 감기고 묶여야만 하는 것이다.

시간은 인간을 통제하고 인간의 삶을 결정한다. 존재하는 모든 것은 시간에 복종해야만 한다.

시간은 가혹하다

시간은 인간을 기다리지 않는다.
시간 속에서 태어나, 살고,
자라며, 죽는다.

머물러 있을 수 없고,
결정을 내리지 않을 수 없다.
시간은 항상 결단을 강요한다.

이것인가 저것인가,
결혼을 할 것인가
아니면 고독한 여생을 보낼 것인가.

모든 나무는 언젠간 고목이 된다.

어떤 고목의 가지와 옹이는 우아하고 수려한가 하면 어떤 고목은 뒤틀리고 흉하다.

어떤 나무는 하나의 예술품같지만 어떤 나무는 낙서와 같은 무늬를 남길 뿐이다.

어떤 사람은 복된 연륜을 남기고, 어떤 사람은 평탄치 못한 연륜의 자국을 남긴다. 모든 삶이 시간이라는 무서운 원리에 묶여 살다 간다. 아무도 시간을 넘어설 수 없다.

그러다 문득 뒤돌아볼 때
시간과 세월의 가혹한 진리를 깨닫는다.

우리는 어느덧 늙고 머지않아 모두 죽는다.

013

어떤 발자국을 남길 것인가

역사는 악마의 발자국보다는 위인들의 장엄한 발자국, 위대한 사상가, 학자, 예술가들의 발자국에 대해 더 많이 씌어져 있다. 외롭게 걷는 막막한 사막에서 문득 어떤 발자국을 발견하면, 뜨거운 햇볕에 타면서 그렇게 걸어간 사람이 혼자만이 아니라는 데 위안을 느낀다.

함박눈이 퍼붓는 날,
온 세상이 조용하기만 한 눈길 위에
발자국이 드문드문 나 있다.
무슨 중요하고 급한 일이 있기에 이런 눈길을 떠나갔을까?
그는 누구였을까?
그는 얼마나 춥고, 그의 걸음은 얼마나 무거웠을까?

눈길이 마음을 부른다.
눈 위의 외로운 발자국이 마음을 매혹한다.
계속 내리는 함박눈에 발자국들이 사라지지만
눈길을 걸어가는 누군가는 계속 무거운 걸음을 옮겨
발자국을 남기면서 어디론가 가고 있다.

눈길 위의 발자국은 명상적 시인의 뜻을 가진다.
고흐의 명화 〈구두〉가 하이데거로 하여금 철학적 사색을 하게 하고
우리들을 감동시키는 것은 우연한 일이 아니다.

014

마르틴 하이데거Martin Heidegger, 1899~1976는 고흐의 구두
그림이 남루하고 소박한 농촌의 삶을 진실하게 묘사하고
있다고 본다. 고흐의 그림 속에서 '구두'라는 존재가 구두
주인의 삶의 궤적과 삶의 발자국을 잘 드러내어 작품의 예
술성을 드높이고 있다는 것이다.

하이데거 Heidegger, Martin 1889~1976

현대 독일의 철학자

플라톤 이래 이성 일변도로 흐르던 서구의 전통 철학을 뒤흔든 실존주의 철학자이다.
20세기 거의 모든 철학적 조류에서 하이데거가 끼친 영향은 실로 대단하다. 하이데거
는 철학의 영역을 넘어서 심리학, 신학, 언어학, 현대 텍스트 이론과 같은 여러 분야의
현대 사상에 영향을 미쳤다.

그는 『예술작품의 근원』이라는 책을 통해 고흐가 그린 〈구두〉에 구두의 주인이 살고
있는 대지, 시대, 세계가 담겨 있다고 말하며 사람의 삶의 모습과 친숙함이 거기에 배
어 있다고 평가했다.

빈센트 반 고흐의 그림 〈한 컬레의 구두〉, 1886년 작

존재론적 물음을 새롭게 제기하며 사상의 혁신을 이룬 전기 사상의 대표작『존재와 시간』과 현대 문명 속에서의 끊임없는 사유를 이끌어낸 후기 대표작『숲길』을 남겼다.

"길들은 저마다 뿔뿔이 흩어져 있지만 같은 숲 속에 있다. 종종 하나의 길은 다른 길과 같은 것처럼 보인다. 그러나 그렇게 보일 뿐이다. 나무꾼과 산지기는 그 길들을 잘 알고 있다. 그들은 숲길을 걷는다는 것이 무엇을 뜻하는지 알고 있다."『숲길』에서

가장 중요한 것은 나의 삶

인생의 의미를 찾는 것이 왜 중요한가?
사람들은 부와 명예, 지식, 사랑을 추구하지만
결국 이것들은 삶 자체를 떠나서는 의미가 없기 때문이다.
우선, "살아 있어야 한다."
부와 명예도 '내'가 존재하지 않는다면 그 아무것도 중요하지 않다.

내가 살아 있기 때문에
이 세상 모든 것이
중요한 의미를 가지는 것이다.

인간의 운명

대부분의 인간은 진짜 자기의 삶을 주관적으로 사는 것이 아니라 사는 흉내를 낼 뿐이다. 진짜 인간다운 삶, 윤리적인 삶을 사는 동시에 우주적 차원에서 도덕적으로 '의미' 있는 삶을 사는 이는 많지 않다. 이런 점에서 인간의 삶은 궁극적으로 실패한 삶이다.

1967년 프랑스의 문예지 〈신프랑스 평론NRF〉 7월호에 발표했던 글의 첫머리에 "나는 행복을 경멸한다"라고 쓴 바 있다. 내 나이 서른다섯 때였다. 그러나 시간이 지나 나의 인생관은 좀 달라졌다. 나는 인생의 의미가 '행복'이라는 개념으로 가장 잘 요약될 수 있다고 믿는다. 물론 '행복'이라는 개념을 '관능적 쾌락'이라는 뜻과는 전혀 다른 '영혼의 환희'라는 뜻으로 해석할 때 말이다.

017

박이문의 책갈피

"모든 인간은 운명적으로 자신의 한계인 죽음에 항거하는 '반反운명적anti-destiny' 동물이며, 궁극적으로는 그 한계를 넘어 신이 되고자 꿈꾸는 동물이다."

앙드레 말로

앙드레 말로 Andre Malraux 1901~1976

파리에서 출생했으며 초현실주의 산문시 〈종이달(Lunes en papier, 1922)〉이란 작품으로 문단에 데뷔했다. 드골내각에서 정보장관과 문화장관을 역임한 앙드레 말로는 작품 속에 행동이 직접적으로 반영되는 특징을 가지고 있으며 이것은 프랑스의 '행동의 문학'에 큰 영향을 미치게 되었다.
중국 상하이를 무대로 1927년 3월과 4월에 벌어진 사건과 인간 군상을 그려낸 『인간의 조건』이 대표작이다.

그래도 아름다운 꽃을 피워야 한다

싫건 좋건 살 수밖에 없다. 문제는 사느냐 아니냐가 아니라 어떻게 사느냐다. 어떻게 하면 한 번뿐인 삶을 가장 보람있게 사느냐다.

모든 꽃과 나무는 언젠가 시들거나 늙고 죽어 썩는다.

하지만 꽃을 한번이라도 피우고 죽는 나무와 그렇지 않은 나무 사이에
는 뛰어넘을 수 없는 거리가 있다.

다 같이 피었다 지는 꽃이지만 더 아름답게 피었다 지는 꽃과 그렇지 못
한 꽃이 존재한다.

때가 되어 죽기는 마찬가지이지만 꽃을 피우고 죽는 나무는 역시 아름
답다.

때가 되면 다 같이 시들어 없어지기는 매일반이지만,
어떤 꽃은 다른 꽃보다 더 아름답다.

019

삶은 길 위의 순례

인간은 태어나는 순간부터 죽을 때까지 항상 스스
로를 변화시켜야 생존할 수 있다. 엄마 젖을 떼고
싶지 않아도 때가 되면 젖 대신 밥을 먹어야 하고,
어른이 되고 싶지 않아도 언젠가는 어른이 되어야
한다. 늙고 싶지 않아도 늙을 수밖에 없고, 죽고 싶
지 않아도 때가 되면 죽어야 한다.

삶은 부단한 변화의 과정, 길 위에 존재한다.

인간은 인간으로서 정해진 길을 따라 변하지 않을 수 없고, 또 앞으로 나아가지 않을 수 없다. 인간은 태어나자마자 나들이길에 나선 순례자이며, 삶은 곧 끝없는 순례의 과정이다.

020

자연처럼 태연자약하라

어딘가로 멀리 떠나 보라.
새처럼 날아 보라.

바람처럼 불고, 물처럼 흘러 보라
산처럼 넓고 푸르고, 바다처럼 맑고 깊어 보라.
땅이 되어 보라. 흙이 되어 보라.

자연처럼 태연자약하라.

021

식물처럼 동물처럼
의젓하라

식물과 동물은 인간보다 낫다. 그들은 돈이나 병, 도덕적, 지적, 정서적 문제로 생기는 고통을 밖으로 드러내지 않는다. 사랑을 할 때나, 생존을 위해 자신과 다른 종을 죽일 때도, 위선적이지 않고 정직하고 당당하다.

잡초, 개나리, 소나무, 감나무, 바퀴벌레, 미꾸라지, 까치, 토끼, 사자는 각자 자기의 생존을 위한 욕망을 충족시키지만 결코 그 한계를 넘지 않는 절제와 균형의 미덕을 갖고 있다.

인간은 죽으면서도 무덤이나 비석을 남겨 대자연의 질서를 깨뜨리지만 식물이나 동물은 그런 것을 남기지 않고 자연 속으로 다시 완전히 돌아간다. 자신의 흔적을 인위적으로 남기려고 조바심하지 않고 의젓하게 죽음을 수용한다.

022

자연의 세계에는 거짓이 없다

봄이 되면 풀같이 파랗게 솟아나고 진달래처럼 연분홍 꽃을 피우고 가을이 되면 깨끗하면서도 섹시한 빛깔의 감들을 주렁주렁 달다가 다 같이 자신의 때가 되면 조용히 사라진다면 얼마나 좋겠는가?

잉어나 고래처럼 자유롭게, 학이나 꽃사슴처럼 우아하게, 매나 말처럼 늘씬하게, 호랑이나 코끼리처럼 늠름하게 태어나 성장하고, 열매를 맺고 짝짓기를 하고 살다가 때가 되면 시들어 죽거나, 자연의 원리에 따라 잡아먹혀서 사라지는 삶이 어찌 바람직하지 않겠는가?

자연의 세계에는 거짓이 없다.

동물의 세계

아프리카 세랭게티 초원이다.
오랜 가뭄으로 거의 모든 풀이 말라죽은 삭막한 모래밭이다.

수십 마리 정도밖에 남지 않은 누와 톰슨가젤을 향하여 암사자가 덤벼든다. 깜짝 놀라 도망치는 어린 톰슨가젤을 한참 동안 추적하던 암사자가 추적을 포기하고 걸음을 늦춘다. 어린 톰슨가젤이 가까스로 죽음의 위기를 벗어난다. 손뼉을 치면서 만세를 부르고 싶은 순간이다.

그러나 암사자는 허덕이면서 입에 침을 흘리고 어슬렁어슬렁 힘없이 걸음을 옮긴다. 오늘 세 번째 먹이사냥에 실패한 것이다.

암사자는 물론이고 어미를 기다리는 세 마리의 새끼 사자가 아무것도 먹지 못한 지 벌써 이틀이다. 오늘 중으로 먹이를 못 잡으면 온 사자 가족이 굶어죽을 판이다.

바싹 마른 풀숲에서 허덕이며 숨을 돌린 암사자는 다시 한 번 목숨을 건 사냥을 시도한다.

다른 선택은 없다. 암사자는 떼를 지어 지나가는 수많은 톰슨가젤 가운데에서 가장 약해 보이는 놈을 골라 있는 힘을 다해서 공격을 시작한다. 자연의 약자 톰슨가젤과 자연의 최강자 암사자 간에 먹고 먹히는, 죽이고 죽는, 쫓고 쫓기는, 목숨을 건 극도의 아슬아슬한 상황이다.

과연, 나는 톰슨가젤과 암사자 중 어느 편에 서야 하는가?

열정이나 가치추구가 최상의 가치관이라면 명예나 부를 위한 열정도 올바른 것으로 합리화될 수도 있다. 예를 들면 권력에 대한 가치추구와 열정도 있지 않은가?

물론 그렇다. 하지만 무엇보다 중요한 것은 삶에 대한 태도이다. 자신에 대한 욕심, 명예욕 등에 의해서 이루어진 것은 보편적 가치에 비추어볼 때 훨씬 질이 떨어진다. 인간이 일으키는 감동 가운데도 여러 가지가 있다. 아인슈타인이 감동을 준 것은 사실이지만, 그게 인류에게 남긴 감동은 지적인 감동이지 도덕적인 감동은 아니다. 한 인간에게서 느끼는 가장 큰 감동은 도덕적인 감동이다.

part

2

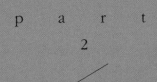

푸르니까

사랑하니까

024

길은 언어다

뱃길, 철길, 고속도로, 산길, 들길 이 모든 길들은 그냥 자연현상이 아니라, 우리에게 무엇을 뜻하는 인간의 언어다.
언어는 인간만의 속성이다. 그러기에 인간만의 세계에 길이 있고, 길이 있는 곳에서 인간이 탄생한다.

025

길은 부름과 희망이다

길은 부름이고, 희망이고, 기다림이다.
언덕 너머 마을이 산길로 나를 부른다.
가로수 그늘진 신작로가 도시로 나를 부른다.
기적 소리가 저녁 하늘을 흔드는 나루터에서,
시골역에서 나는 이국의 부름을 듣는다.

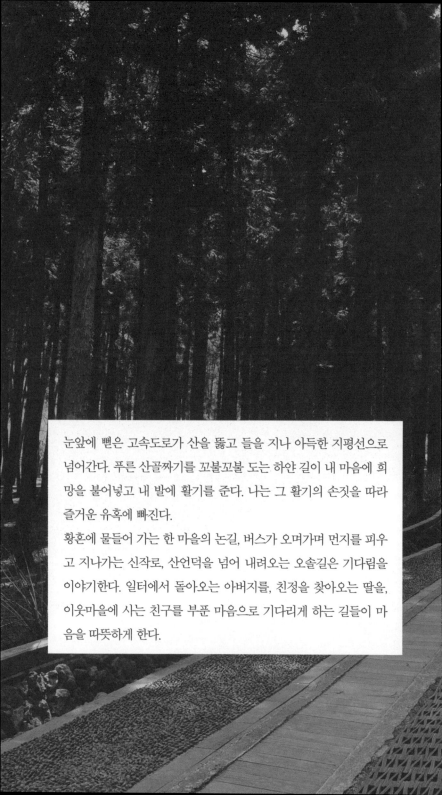

눈앞에 뻗은 고속도로가 산을 뚫고 들을 지나 아득한 지평선으로 넘어간다. 푸른 산골짜기를 꼬불꼬불 도는 하얀 길이 내 마음에 희망을 불어넣고 내 발에 활기를 준다. 나는 그 활기의 손짓을 따라 즐거운 유혹에 빠진다.

황혼에 물들어 가는 한 마을의 논길, 버스가 오며가며 먼지를 피우고 지나가는 신작로, 산언덕을 넘어 내려오는 오솔길은 기다림을 이야기한다. 일터에서 돌아오는 아버지를, 친정을 찾아오는 딸을, 이웃마을에 사는 친구를 부푼 마음으로 기다리게 하는 길들이 마음을 따뜻하게 한다.

026

걸의 휴식 뒤엔
새로운 **떠남**이
기다린다

희망과 그리움, 떠남과 돌아옴의 길은 어떤 관계를 전제로 한다.
길은 희망이라는 미래와 그리움이라는 과거,
미지의 사람과 정든 사람들, 사물과 인간 간의 관계를 이어준다.

여기서 미래와 과거, 나와 남, 정착과 개척, 휴식과 움직임, 인간과 자연의 만남의 열매가 영글어간다.

길은 과거에 고착함을 부정하는 동시에, 미래에만 들떠 있음을 경고한다. 길을 떠나 나는 이웃을 만나고, 길을 따라온 이웃이 나를 만난다. 길끝에 휴식할 곳이 있지만, 다시 길을 찾아 어디론가 움직여야 한다. 길은 인간이 자연과 다르다는 것을 보여주고 인간과 자연의 경계선을 전달하는 큰 표지이지만, 그 표지는 인간과 자연의 새로운 관계, 새로운 만남을 나타낸다.

"모든 물체는 휴식하려고
땅으로 떨어지려는 의도를 갖고 있다."

아리스토텔레스

아리스토텔레스 Aristoteles B.C. 384~B.C. 322

고대 그리스 철학자.
플라톤의 참다운 계승자로서 그리스 정치 철학 고전기의 마지막을 장식한 아리스토텔
레스는 그리스의 지식을 형이상학, 자연과학, 사회학에 이르기까지 하나의 체계로 집
대성하는 업적을 남겼다. 플라톤이 초감각적인 이데아의 세계를 존중한 것에 대비해
그는 인간에게 가깝고 감각할 수 있는 자연물을 존중하고 이를 지배하는 원인의 인식
을 구하는 현실주의 입장을 취하였다.

길이 있으니까 가야 한다

꼬부랑길
쭉 뻗은 길
길 또 길
길

가기 위해서 길이 있지 않다
길이 있으니까 가야 한다

인생의 길

어떠한 인생이 참다운 인생이며, 뜻있는 삶인가를 결정한 사람은 아무도 없다. 인생에는 여러 가지 살아가는 길이 있고, 인생에서 온 종류의 할 일과 즐거움을 가질 수 있다. 그러나 우리는 그 인생의 보배를 모두 다 동시에 소유할 순 없다. 애국자가 되는 동시에 모리배가 될 순 없다.

우리는 모든 만물과 똑같이 우연의 소산이다. 일단 생명을 갖게 된 동물로 생명을 지속하려는 본능에 의해 살고, 역시 우연의 결과로서 의식을 갖게 된 인간으로서 삶의 모든 행위에서 의미를 찾고 가치를 부여하려는 의욕 속에 노력해야 할 뿐이다.

나만의 인생의 의미와 가치를 선택하라. 그 선택의 대가가 고독하고, 가난할지도 모른다. 많은 희생이 올지도 모른다. 그러나 후회하지 말고, 조용히 속으로 다짐하라.

'타협치 말라. 뿌리를 뽑아라!'

030

총총한 겨울밤

우리는 다 같이 별들이 총총한 어두운 겨울밤 어느 다리 위에서 어딘가를 향하여 절망적으로 구원을 외치는 노르웨이의 화가 뭉크의 그림 〈절규〉 속의 주인공이다. 하지만 보이는 것은 어둠과, 차가운 겨울 밤 하늘 아득한 먼 곳에서 무심히 반짝이는 수많은 별들뿐이며, 들리는 것은 우주의 한없이 깊은 침묵뿐이다.

아무리 기다려도 '고도'는, '구원자'는
나타나지 않는다.

031

박이문의 책갈피

에스트라공: 가까이 가보자 (블라디미르를 끌고 나무 가까이로 간다. 침묵)목이나 맬까?

블라디미르: 뭘루?

에스트라공: 너 끈 오라기라두 없냐?

블라디미르: 없다.

에스트라공: 그럼 할 수 없군.

블라디미르: 가자.

⋯⋯

에스트라공: 어떻게 하면 좋을까?

블라디미르: 무얼 해도 아무 소용 없어.

사무엘 베케트, 「고도를 기다리며」에서

미리 써본 유서

추한 것도 많았지만 아름다운 것도 많았지요
미운 것도 많았지만 예쁜 것도 많았지요
가난하지만 힘껏 살았소
짧았지만 오래 살았소
오래 살았지만 꿈같은 시간이었소
후회한들 무엇하랴
힘이 닿는 데까지 살았다오
이제 아주 나쁜 것도 좋소
추한 것도 아름답소
모든 게 아름답소
후회도 소망도 없이,
아쉬움도 충만도 없이
그냥 담백하고 맑게 가라앉은 심정으로
모든 것과 조용히 화해한 심정이오

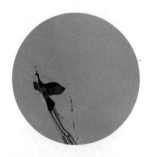

033

속과 성

인간은 마치 새장에 갇혀 있는 새가 새장 밖으로 날아가고 싶어 하듯이, 우주에서 해방되어 더 넓고 완전히 다른 세계에 가고 싶어 한다. 설사 그 다른 세계에서 불행하게 되더라도. 높은 산이 있기에 인간은 그 산을 넘어가고 싶어 한다.

새장에 갇힌 새가 비록 날개를 다쳐서 땅에 떨어지더라도 끊임없이 날개를 파닥거리면서 밖으로 빠져 나오려고 하듯이, 인간은 서로 얽혀 있는 이 세상 밖으로 나와 다른 세상에 가고 싶어 한다. 비록 그 결과로 고통을 받고 죽게 되더라도.

인간은 자신의 몸이 빛에 타서 땅바닥에 떨어지는 것을 알면서도 태양을 향해서 날다가 목숨을 잃고 마는 이카로스의 운명이다. 바로 이때 비로소 속俗은 성聖이, 성이 곧 속이 되는 깨달음을 얻게 된다.

역사

"클레오파트라의 코가 조금만이라도 낮았더라면 인류의 역사는 달라졌을 것이다"라는 파스칼의 말처럼, '역사'는 수많은 클레오파트라가 만들어내는 이야기에 지나지 않는다.

이왕이면 잘 살고 싶다

이왕이면 경치가 좋고 깨끗한 곳에 살고 싶다. 물질적으로나 지적으로나 정신적으로 인간다운 삶이 보장된 고장에 살고 싶다.

선하면서도 따분하지 않고, 교양 있으면서도 소박하고, 정직하면서도 미련하지 않고, 다정하면서도 냉철하고, 투명하면서도 구수하고, 조용하면서도 경쾌한 사람들과 어울려 살고 싶다.

남들의 간섭없이 자유롭고, 강자와 약자, 부자와 가난한 이들의 격차와 차별이 없으면서 다양한 생각과 삶의 방식이 최대한으로 보장되고, 활기차면서도 조용한 사회에서 살고 싶다.

인생은 셰익스피어 말대로 '백지가 늘어놓는 잡음과 격분
의 무의미한 이야기'에 지나지 않을지 모른다.

셰익스피어 인생 교훈 9가지

1. 늙음을 즐겨라

2. 과거를 자랑하지 말라

3. 젊은 사람과 경쟁하지 말라

4. 부탁받지 않은 충고는 굳이 하려고 말라

5. 삶은 철학으로 대체하지 말라

"철학이 줄리엣을 만들 수 없다면 그런 철학은 없애 버려라!" – 〈로미오와 줄리엣〉에서 로미오의 말

6. 아름다움을 발견하고 즐겨라

7. 늙어가는 것을 불평하지 말라

8. 젊은 사람들에게 다 넘겨 주지말라

9. 죽음에 대해 자주 말하지 말라

윌리엄 셰익스피어 William Shakespeare 1564~1616

영국 남부 작은 마을 스트래트퍼드어폰에이번에서 태어난 극작가.
1580년대 말쯤 런던에서 극작가 겸 배우로 활동을 시작한 것으로 알려져 있다. 대표작
으로는 『햄릿』, 『맥베스』, 『오셀로』, 『리어왕』의 4대 비극 외에 『한여름 밤의 꿈』, 『로미
오와 줄리엣』, 『베니스의 상인』, 『줄리어스 시저』 등 다수가 있다.
철학자 헤겔은 근대를 대표하는 위대한 극작가로 셰익스피어를 꼽으며 그의 풍부한
서정성과 독창적인 유머감각을 인정했다.

삶에의 충동

아무리 죽음에의 충동이 삶에의 충동과 더불어 원초적인 본능이라 하더라도 삶에의 본능이 더 강하고 질기다.

조만간 죽는다는 것이 불을 보듯 자명한데도, 사는 것이 고통이라는 것을 인정하면서도, 지푸라기라도 잡으려는 익사 직전의 사람처럼 삶에 집착한다.

어머니의 새 무덤에 삽으로 흙을 덮고, 아들의 유골을 화장터에서 들고 오고, 어제까지 술을 마시다 죽은 친구의 장례식에 다녀온 직후에도 백발이 된 나는 집에 와서 샤워를 하고, 맛있는 음식을 찾고, 책을 읽고, 원고를 쓰고 내일을 걱정한다.

백발의 교수는 진리를 밝히고

백발의 교수는 형이상학적 진리를 밝힌다.
학생들은 열중해 진리를 배우고 살인범과 혁명가들은 감옥에 갇혀 있다.
자제를 못하는 장사꾼들은 서로 멱살을 쥐고 싸우고 나이 먹은 군인들
은 전쟁준비를 한다.

하나같이 다 죽어 썩겠지.
머지않아 이 사람들이 다 죽어버리겠지.

0 3:9

혼자만의 시간을 견뎌야 한다

혼자만의 시간과 공간을 견딜 수 없는 이들로부터
위대한 창조적 업적을 기대할 수 없다.

위대한 인간을 꿈꾸지 않더라도, 스스로를 타자로부터, 무리로부터, 일
상적 생활로부터 의식적으로 잠시나마 떨어뜨려라.
혼자만의 공간과 시간을 전혀 갖지 못하는 인간의 삶을 정말 인간다운
삶이라고는 말할 수 없다.

공동체 안에서 경험할 수 있는 인간미의 포기, 즉 '고독의 감수'라는 대가를 치룬 '위대한 성취'가 얼마나 가치 있는가!

떠들썩한 시장 속에서 고독을 전혀 모르고 지낸 인생이 얼마나 의미가 있는가?

한 마리 두루미

눈 쌓인 넓은 들 저편 유난히 붉게 지는 저녁 해를 배경으로 높은 하늘 위를 홀로 유유히 날아 사라지는 한 마리 두루미의 모습은 아름답다. 혼자 우뚝 서 있는 히말라야는 무엇보다 장엄하며, 험준한 산의 계곡 큰 바위 위에 홀로 앉아 자연을 음미하는 동양적 시인을 그린 동양의 산수화에는 한없이 숭고한 정취가 있다.

소나무

소나무는
높고 곧은 소나무는
푸르기만 하네
혼자 한 곳에만 있으면서도
외롭다 울지 않고
푸르기만 하네

소나무는
외솔길 숲속 소나무는
의젓하기만 하네
이유도 없이
뜻도 묻지 않고
그저 의젓하기만 하네

철학이란

소크라테스는 가난한 아내와 아이들을 남겨둔 채 청산가리를 마셨고, 스피노자는 안경알을 갈아 생활비를 벌어야 했고, 칸트는 한때 가정교사로서 극히 소박한 생활을 했고, 마르크스는 가난과 병 속에 자신의 자녀들이 죽어가는 것을 견뎌야 했다. 니체의 말마따나 과거의 위대한 철학자 가운데 결혼해서 평탄한 생활을 한 이는 거의 없었다.

그만큼 철학을 하는 이들은 실제 생활과 동떨어져 공상 속에서 언어나 개념의 유희를 하고 있는 사람처럼 보일 수밖에 없다.

그러나 철학은 아버지의 백과사전적 박식 속에 있지 않고, 오히려 유치원에 다니는 순박한 아들의 질문 속에 있다. 아이의 질문이야말로 모든 것을 알았다고 자처했던 아테네의 소피스트들을 향해서 "아무것도 알지 못함을 알고 있을 뿐이다."라고 말한 소크라테스의 의문과 일치한다.

철학은 근본적으로 가장 단순한 것이다.

043

삶의 가치와 이상

22세의 젊은 키르케고르가 자기의 일기에서 말하고 있듯이
가장 중요한 문제는 '내가 목숨을 걸고 살 수 있는 어떤 이상,
어떤 가치'를 찾아내는 데 있다.

그것은 한마디로 '어떻게 살 것인가'이다.

044

하이데거가 말했다.
"언어가 있는 곳에서만 세계가 있다."

비트겐슈타인이 말했다.
"우리가 이야기할 수 있는 것만이 존재한다."

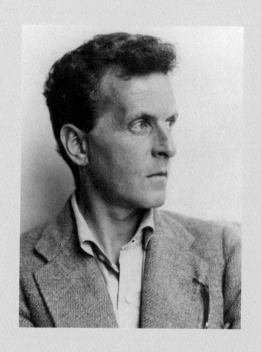

비트겐슈타인 Ludwig Wittgenstein 1889~1951

오스트리아 빈 출생. 철학자.
20세기에 가장 큰 영향을 미친 철학자로 손꼽히는 비트겐슈타인은 가장 철저하게 회
의하고 분석했다고 알려져 있다. 그 회의와 분석은 지성의 혼돈과 갈피를 잡지 못하는
상황에서 벗어나 삶의 진실을 만나려는 철학적인 고뇌의 다른 이름이었다. 그는 철학
이라는 활동이 무엇인가에 대해 가장 진지하면서도 지속적으로 사유한 철학자였다.
그는 『논리철학논고』라는 책을 통해 세계는 물체의 집합이 아니라 사실의 집합이라고
주장했으며 "모든 철학적 문제는 우리의 언어의 논리를 오해한 데서 생긴다."는 주장
을 통해 철학에서의 '언어론적 전회'의 원천이 되었다.

가치

오직 인간적인 것이 절대적 가치, 최고의 가치다.

이 가치는 신이 정해준 것도 아니요, 밖으로부터 온 것도 아니다. 인간의 내부로부터 꽃처럼 피어난 것이다.

이 가치가 인간의 모든 행위와 사건을 결정한다.

산은 명상적이고 숲은 종교적이다

바다가 활동적이라면 산은 명상적이다.

바다에서 삶의 활력을 경험한다면 산과 숲에서는 깊은 사색에 빠지게
된다. 숲속 오솔길을 거닐면 철학적 명상에 들어가지 않을 수 없다.
하이데거는 자신의 만년의 철학적 사색을 '사색의 길'이라는 제목으로
묶었다. 이런 점에서 숲은 본질적으로 종교적이며 철학적이다.

산과 숲은 생명의 상징이며 생명 자체이다.

산과 숲은 원초적 여러 생명체들이 잉태되고 탄생하는 생명의 보금자리
이다. 거기에는 이름을 알 수 없거나 숫제 이름도 없는 수많은 풀들이 솟
아나고, 수많은 종류의 나무들이 경쟁적으로 가지와 줄기를 뻗치고, 수
많은 신기한 버러지들이 우글거리며 산다.

꿩, 뻐꾸기, 부엉이 등 수많은 모습의 산새들이 노래를 부르며 한 나뭇가
지에서 다른 나뭇가지로 옮겨 날아다니고 다람쥐, 토끼, 여우, 산돼지들
이 살아 움직이는 생명의 공간이다.

푸르니까 사랑하니까

아무것도 아니기에
바람은 나뭇잎을 흔들어보고
아무것도 아니기에
꽃들은 향기를 핀다

아무것도 아니기에
우리들은 몇 편의 시를 남기고
아무것도 아니기에
젊은이들은 사랑에 빠진다

푸르니까
향기로우니까
사랑하니까

이 시대의 젊은이들에게 한 말씀 해주신다면?

요즘 세상살이가 쉽지는 않다.
그래서인지 쉽게 포기하는 청춘들이 많은데
힘껏 살라고 말해주고 싶다.
최선을 다해서 열심히 말이다.
그리고 옳게, 착하게 살아야 한다.
열심히, 그리고 선하게 살자.
그리고 후회 없이. 또 삶이 일종의 경영이라면,
회사나 어떤 특수한 조직체의 경영인만 경영인이 아니라
우리 모두가 경영인이다.

part

3

별을 바라보며 단 하나의

048

사랑

사랑이란 단 하나의 별을 바라보는 두 마음이다.

사랑하는 이들의 밤하늘은 유난히 맑고, 특별히 높으며
거기 유난히 많은 별들은 한결 더 반짝인다.
함께 고개를 젖혀 저 높이 밤하늘을 바라보라.
그 밤하늘에 뿌려진 반짝이는 별들의 아름다움을 한 번 더 느껴보라.
그러면 사랑하는 이들의 영혼도 그 별들처럼 청아하게 반짝이려니!

저 멀리 별들이 들려주는 이야기에 귀를 기울여보라!

"만약 오늘의 인류가 멸종한다면 무한히 창조적인 신비로운 실체는, 보다 섬세하고 훌륭하고 사랑스러운 새로운 인종을 만들어내서 창조를 아름다운 것으로 성취시킬 수 있을 것이다. 창조의 과정은 아직 끝이 나지 않았다. 창조의 신비는 잴 수 없을 만큼 깊어서 결코 중단되지 않으며 무한정 영원히 지속될 것이다."

"당신 속엔, 내 속엔 사랑 이상의 것, 마치 어떤 별들이 인간의 시야 너머에 있는 것처럼 사랑 이상의 어떤 초월적인 무엇인가가 있소."

D.H.로렌스, 「사랑하는 여인들」

D.H. 로렌스 David Herbert Lawrence 1885~1930

영국 소설가, 시인 겸 비평가.
대표작 『채털리 부인의 사랑』은 그의 성性철학을 펼친 작품이다. 1928년에 완성되었지만 외설시비로 오랜 시간 재판을 겪는 바람에 미국에서는 1959년에, 영국에서는 1960년에야 출판이 허용되었다. 이외에도 『사랑에 빠진 여인』, 『아들과 연인』, 『무지개』, 여행기 『이탈리아의 황혼』, 『멕시코의 아침』 등의 작품을 남겼다.

생텍쥐페리의 사랑과 문학

생텍쥐페리는 비행기를 조종하면서 실제로 수많은 모험을 한 사람이다. 그의 문학은 그의 생생한 체험의 기록이다. 그에게서 직업적 작가와는 다른 문학이 생기는 근원이다.

"대지의 시를 가장 잘 느끼는 사람은 소설가가 아니라 농부이다"라고 말하는 그는 추상에서 벗어나 인간을 그의 원천인 대지에 접하게 한다.

"사랑한다는 것은 서로가 쳐다보는 것이 전혀 아니고,
동일한 방향을 함께 바라보는 것임을 우리는 경험을 통해서 알 수 있다."

여름날 검푸른 저녁이 오면, 나는 오솔길을 가리라
밀 잎에 발 찔리고, 잔풀 밟으며
나는 꿈꾸는 듯 그 발밑의 신선함을 느끼고
바람은 내 머리를 흐트러트리며 지나가리라.
나는 아무 말도 안 하고 아무 생각도 안 하리라.
끝없는 사랑은 내 영혼 속으로 솟아오르리라.
그리고 나는 보헤미안처럼
멀리 아주 멀리 자연을 따라가리라.
마치 여인과 함께 가듯 행복에 젖어.

랭보, 〈감각〉

랭보 Jean-Arthur Rimbaud 1854~1891

말라르메와 더불어 프랑스 상징주의의 대표적 시인. 조숙했고 반항아적인 기질이 강
했다. 이미 16세에 훌륭한 시를 지었다. 그의 시적 태도는 『견자見者의 편지』에 드러나
는데, 시인이란 무릇 무한한 시간과 공간을 꿰뚫어볼 수 있고 개인의 인격에 대한 개

념을 형성하는 모든 제약과 통제를 무너뜨림으로써 영원한 신의 목소리를 내는 도구
로서의 예언자, 즉 '견자'가 되어야 한다는 믿음에 바탕을 두고 있다.
작품으로 〈취한 배〉 외에 약 50편의 운문시와 산문시 〈지옥의 계절〉, 시집 『일뤼미나시
옹』 등이 있다.

052

우주의 질서

하늘의 별들이 우리를 황홀하게 하고 경탄하게 하는 것은 그것들 속에 잠겨 있는 우주적인 깊은 질서에서 오는 아름다움 때문이다. 싱싱한 녹음에서 아름다운 단풍으로의 전환, 아름다운 단풍에서 메마른 나뭇가지와 죽은 풀밭으로의 변화, 어느 날 거울에 비친 백발이 된 자신의 모습이나 갑자기 날아온 부고에서 삶의 무상성을 조용한 마음으로 읽을 수 있다면, 그것은 인간으로서는 어쩔 수 없는 그러나 무한히 깊은 우주의 질서를 보았기 때문이다.

053

삶의 아름다움

겨울이 있어서 봄이 더 아름다운 것
처럼, 죽음이 있기에 삶은 더 숭고하
고 귀중하다.

죽음이 삶의 궁극적 끝이기에 삶은
그만큼 더 충만하고, 죽음이 모든 의
미를 박탈하기에 삶은 그만큼 더 귀
한 의미가 있다. 삶과 죽음의 영원한
순환의 고리 속에서 또 겨울이 와도
봄은 역시 곱다.

삶은 아름답다. 깊이 생각하며 사는
삶은 더욱 아름답다.

산의 아름다움

거대한 파도를 상상케 하는 산맥들의 운율적 구조, 산맥 사이로 흐르는 하천의 우아한 선들, 마을과 도시를 잇는 좁고 넓은 길이 그어 놓은 선들은 예술작품에서 찾아볼 수 있는 질서미를 느낄 수 있다.

산은 혼자서도 아름답다. 그러나 인간과 더불어 존재할 때 산의 아름다움은 더욱 확연해진다. 흰 벽에 싸이고 빨간 지붕에 덮인 한두 채의 집이 들어선 산골짝의 경치는 인적 없는 경치에 비해 한결 더 아름답다. 아무리 아름다운 산맥으로 둘러싸인 지방이라도 군데군데 마을이나 작은 도시가 들어서 있지 않다면, 그 산맥의 자연미는 덜하다.

자연이 죽은 인간만의 세계가 결코 아름다울 수 없다면, 인간 부재의 자연도 그것만으로는 완전한 미를 갖추지 못한다. 자연미의 궁극적 의미는 자연과 인간의 원초적 조화로운 질서 의식이며 경험이다.

055

산과 숲에 가면
삶과 죽음을 배운다

겉으로 얼른 보아서는 조용하고 잠잠하지만 산과 숲은 나뭇잎과 가지 사이로 들어오는 햇빛을 받으며 만 가지 풀, 나무, 벌레, 산새, 동물들이 서로 먹고 먹히는 하나의 생태계적 고리로 얽혀서 생명이 이어지다가는 끊기고, 끊겼는가 하면 다시 이어져 가는 삶과 죽임이 부글부글 끓는 뜨거운 도가니이다.

산과 숲의 원초적이면서도 보편적 매료는 그것들이 수없이 다양한 역동적 생명체들의 원천인 동시에 표현이기 때문이다.

056

비록 우주가 짓눌러 산산이 부서지게 될지라도, 인간은 그를 죽이는 것보다 훨씬 더 위대하리라. 자신이 죽는다는 것을 알기에.

블레즈 파스칼

블레즈 파스칼 Blaise Pascal 1623~1662

프랑스의 수학자이며 철학자, 사상가.
파스칼의 정리를 완성시켰으며 〈원뿔곡선의 시론〉, 〈유체의 평형〉 등 많은 연구 업적을 남겼다. 문학적인 재능과 식견도 뛰어나 유명한 『팡세』가 그의 작품이다. 『팡세』의 서문에 적어놓은 "인간은 자연 가운데서 가장 약한 하나의 갈대에 불과하다. 그러나 그것은 생각하는 갈대이다."라는 문구는 지금도 많이 인용되며 인간 존재에 대해 생각해 보게 한다.

떳떳한 삶

인생을 살아감에 있어서 궁극적으로 추구해야 할 것은 '인간으로서 가장 떳떳한 삶'이다. 옳고, 아름답고, 선하게 가장 인간답게 살고자 하는 열정과 자신의 신념에 따라 가혹할 만큼 철저하게 자신에게 정직하고, 불꽃같이 뜨거운 열정으로 살아가는 태도가 무엇보다 중요하다.

카르멘, 안티고네, 반 고흐, 파울 첼란, 성 프란시스코, 키르케고르 등은 그런 사람들이다. 대학의 교단을 버리고 알프스 산장에 외롭게 들어앉아 '초인'을 외쳤던 니체나 케임브리지 대학 교수직과 막대한 유산을 팽개치고 시골 초등학교에서 교편을 잡은 비트겐슈타인도 그런 사람들이다.

058

환희로 채워진 삶

내 눈앞에 우뚝 선 푸른 전나무가 높고 아름답다면, 마을 앞에 늠름하게 선 저 산은 더 높고 아름답다. 산이 높고 아름답다면 하늘은 훨씬 더 높고 더 아름답다. 하늘이 높고 아름답다면, 사유의 세계는 무한히 높고 무한히 아름답다. 눈을 바르게 뜨고 볼 때 존재하는 모든 것은 무한히 높고, 조용히 느끼고 생각해볼 때, 존재하는 모든 것은 무한히 숭고하고 성스럽다. 그 높고 숭고하고 성스러운 존재로 올라가는 길은 한없이 길고 고되지만, 그만큼의 환희와 의미로 우리의 삶을 충만하게 해준다.

이 환희와 의미로 채워진 존재의 정상의 넓고 높음에 비해 너무나 짧은 우리의 인생이기에 할 일은 너무 많아 낭비할 수 있는 시간은 단 한 시간도 없다.

꿈과 인간

산다는 것은 일종의 꿈이다.
그러나 인간의 삶은 꿈으로만 존재하지 않고,
꿈을 실현하고자 노력하는 과정이다.

꿈이 없는 인간은 살아 있는 인간이 아니며,
꿈과 희망이 없는 젊은이는

'늙은 젊은이'일 뿐이다.

060

인생은
목숨을 건 가치의
도박이다

인생은 곧 '자유'이며,
인간은
인생이라는 가치의 목숨을 건
도박꾼이다.
다양한 사람들이
다양한 가치관을 갖고 있다.
때문에
각자 자신이 선택한 가치관에 따라
자유로운 실존적 도박을 통해
매순간 선택을 해야 하며,
그 결과에 대한 책임은
자신만이 질 수 있다.

061

너는 진짜인가 가짜인가

나는 가짜다.

남의 옷을 입고 남의 생각을 남의 말로 중얼거리며 남의 땅, 남의 나라, 남의 집에서 남의 여자, 남의 남편, 남의 자식과 남의 사랑을 하며 남의 돈으로 남의 등에 들러붙어 남의 신분증을 갖고 산다.

나는 나의 눈이 아니라 남의 눈으로 사물을 보고, 남의 코로 숨쉬며, 남의 살로 만든 남의 얼굴을 들고 사진 찍고, 취직하고, 돈 벌고, 사랑하고 남의 이로 먹고 씹으며, 남의 위장으로 소화하고, 남의 심장 힘으로 움직이며 남의 삶을 산다.

나의 존재는 가짜다.

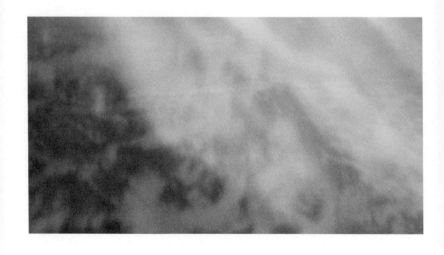

062

진짜와 가짜

1

진짜(원본)와 가짜(복제품)의 조건과 가치가 동일한 평가를 받는다고 할 때, 원본이 복제품보다 더 의미가 있고, 진짜는 가짜보다, 정직함이 거 짓보다 바람직하다는 사실은 원본과 복제품의 개념적 구별 자체에 이미 논리적으로 내포되어 있다.

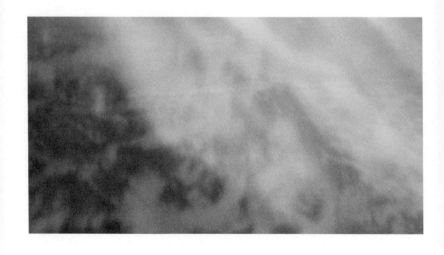

2

진실을 알고 사는 삶은 그렇지 못한 삶보다 가치가 있다. 행복한 돼지보다 불행한 인간이 바람직한 존재방식이기 때문이다.

3

진짜와 가짜, 객관적 사실과 허상의 구별은 구체적인 현실에서 절대적으로 필요하다. 썩은 밧줄과 웅크리고 가만히 있는 독사뱀을 구별 못하면 목숨을 잃게 되고, 가짜 사랑을 진짜 사랑으로 인식하면 인생이 무너질 수 있다. 트로이 왕국의 군인들이 그리스에게 전멸당한 것은 가짜 목마를 진짜 목마로 착각했기 때문이다.

4

진짜와 가짜의 구별은 인간으로서, 자유로운 실존적, 도덕적 주체로 존재하기 위한 가장 근본적인 조건이다. 주체적 선택과 자율적 선택의 삶을 살 때 나는 진짜로 존재한다. 가장 근본적인 자기 자신의 신념에 따른 선택은 내가 진짜로 믿고 있는 세계와 가치에 대한 객관적 인식이 전제되어야 하기 때문이다.

063

어떤 담은 음산하고 높다

어떤 담들은 음산하고 도전적이다. 안에 있는 집과 너무나도 어울리지 않게 가시철사로 높이 둘러싼 콘크리트 담은 그 속에 사는 주인에게 안 도감을 줄지 몰라도 보기에 삼엄하고 추하기 짝이 없다.

아직도 유럽 곳곳 산정에 있는 중세의 석조 성채를 둘러싼 높고 단단한
돌담들은 견고한 느낌을 줄 뿐만 아니라 오늘날 보아도 독특하고 장엄
한 심미감을 일으킨다. 그것들은 든든할 뿐만 아니라 아름답다. 하나의
거대한 예술작품 같다.

어떤 담은 사색과 평화를 준다

우리를 깊은 사색과 공상 속으로 끌어가는 담은 견고한 담이 아니라 빈
약한 담이며, 화려한 담이 아니라 검소한 담이다.
산골짜기 초가집 뒷간과 밭을 갈라놓은 이끼 긴 돌로 쌓은 낮은 담, 시골
농가의 흙담, 사철나무를 심어 만들어진 농촌의 담, 북악산을 꾸불꾸불
둘러싼 담, 이런 담들은 적으로부터의 방어나 도둑으로부터의 방위를 위
한 것으로는 빈약하지만 그만큼 더 따뜻한 안도감과 평화로운 자신감을
마련해준다.

흙담에 포근히 가려져 있는 초가삼간은 화려하진 않지만 따뜻한 꿈에 차 있다. 그 담에서는 절실한 삶의 체험이 가득하고 자연과 싸워 생존하고자 하는 의욕이 끝없이 들려온다. 또 그 담은 자연의 위협을 막고 가장 가까운 사람들과의 행복과 귀중한 비밀을 간직하고자 하는 마음을 대변한다.

065

담은 꿈을 꾼다

기대고 싶다.
밑에 쉬고 싶다.

담은 꿈을 꾼다. 숨고 싶다.
사랑하고 싶다.

흙담 밑에서.

깊은 시골

아직도 조용한 곳이 있다.
아직도 아름다운 곳이 있다.

아직도 푸른 곳이 있다.
아직도 자연이 있다.

아직도 꿈자리가 남아 있다.
아직도 쉴 자리가 있다.

집은 생성이고 휴식이다

집은 삶의 가장 핵심적 요람이며 확장을 필요로 하는 삶의 원심적 시점
이다. 낯선 남녀가 만나 자리를 함께 하여 가장 근본적인 생리적 기능을
통해서 인류라는 '피'를 이어가는 곳은 집안이다.

집은 동물적 인간이 인간적 인간으로, 자연적 동물이 문화적 동물로 창
조적 변화를 일으키게 하는 모체다.

집의 가장 절실하고 근본적인 정서는 휴식이다.

집은 휴식의 상징이다.

영혼이 쉴 곳

어디서거나 언제이거나, 그리고 어떻게 생겼거나 모든 집들은 다 같이 우리에게 삶의 고달픔과 삶의 즐거움을 말해주고 우리들의 근본적인 존재 형태, 우리들의 바람과 우리들의 역사에 대한 무한한 이야기를 속삭인다.

만일 우리에게 영혼이 영원히 쉴 수 있는 집이 없다면, 그보다 더 큰 절망은 없을 것이다. 그런 집은 새둥우리 같은 묘, 아니면 영혼이 영원히 쉴 수 있는 집은 새둥우리 같은 지구, 새둥우리 같이 둥근 푸른 하늘일지도 모른다.

069

마음의 얼굴

한 사람의 참다운 얼굴은 외모로서의 얼굴이 아니라 마음의 얼굴이다. 외면적 얼굴을 무시할 수 없지만 더 중요한 것은 내면적 얼굴이다. 외면으로는 총명한 얼굴이 나태와 무지의 결과로 백치 같은 얼굴로 변하고, 겉보기에는 험악한 얼굴이 속으로 들여다보면 무한히 선량한 얼굴일 수 있다.

참답고 진정한 얼굴은 그 밑바닥, 그 너머에 있는 마음에 달려 있으며, 그 마음은 비뚤어진 외모를 똑바로 가다듬어 주고, 반대로 똑바른 생리학적 구조를 비틀어 놓는다.

아내의 얼굴

몇십 년 함께 삶의 고락을 같이 해온 아내의 못난 얼굴 속에
서 양귀비보다 더 아름다운 마음의 얼굴을 발견함은 자연스
러운 일이다. 험상궂게 생긴 자식의 얼굴이 언제나 아기같이
연약하고 선량해 보임은 아버지의 착각 때문만이 아니다.

071

마음의 평화

함박꽃처럼 벙긋 피는 젖먹이 어린이의 얼굴에서 무한한 축복을 발견한
다면 여드름이 덕지덕지한 사춘기 소년의 얼굴에선 그 속에 숨어 있는
야생적 생명력을 느낀다.
꽃처럼 맑고 고운 20대 초반의 발랄한 여대생의 얼굴이 되돌아갈 수 없
는 선망의 대상이라고 말하는, 중년 생활인의 얼굴은 차츰 가라앉는 삶
의 안정감을 보여준다.

찌그러지고 뭉그러진 노년의 얼굴에서 삶의 성숙성과 지혜를 읽을 수 있다면 죽음에 임박한 고희의 할아버지, 할머니 얼굴에서 모든 것과의 화해를 희구하는 마음의 평화를 엿볼 수 있다.

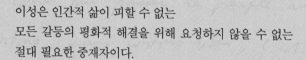

이성은 인간적 삶이 피할 수 없는
모든 갈등의 평화적 해결을 위해 요청하지 않을 수 없는
절대 필요한 중재자이다.

———

part

4

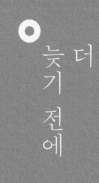

더

늦기

전에

072

우리가 사는 땅

하늘 높이 올라가면 올라갈수록 그의 날개는 뜨거운 햇볕에 녹아 마침내 땅에 떨어지고 만다. 인간은 다 같이 실패한 이카로스의 운명이다. 이카로스가 햇볕의 원천까지 닿지 못하고 땅바닥에서 살아야 하듯 아무리 시시해도, 아무리 답답하고 거북해도 우리가 살 수 있는 곳은 땅이다.

살아가는 기쁨

머지 않아 땅에 다 같이 묻히지만
땅 위에서 함께 고락을 나누며
가족과 친구들과 사는 기쁨을 빼놓고
무슨 기쁨이 더 있겠는가.

잠시 살다 죽어야 하기에
영원히 없어져야 하기에
땅 위에서의 짧은 삶이
더욱 영원한 의미를 갖고 있는 것은 아닐까.

고향이 있는 사람은 행복하다

고향은 물리적으로나 사회적으로 한 생명이 뿌리를 박고 성장할 수 있는 곳이다. 도시에서 사는 현대인은 정착할 곳 없이 방황하는 떠돌이에 지나지 않는다. 현대인이 소외되고 고독한 것은 고향이 없기 때문이다.

고향이 시골인 사람은 한결 더 행복하다.
시골은 자연을, 땅을 의미한다.
아무리 자연과 멀리 떨어져서 극도의 문화생활을 한다 해도
인간의 원초적 뿌리는 자연 속에서만 찾을 수 있다.

생존에 없어서는 안될 식량도 자연 속에서만 얻을 수 있고,
마지막 휴식을 찾아 돌아가야 할 곳도 자연이다.
자연에서 나와서 자연으로 돌아간다.

자연은 인간의 고향이다

모든 생명에게 자연은 어머니요, 양식이다.
돌아가 살 수 있는 집이요, 마지막으로 돌아가
쉴 수 있는 고향이다.

고향이 그립다는 말은 자연이 그립다는 말이며, 자연이 그립다는 말은 고향이 그립다는 말이다. 향수는 시골에 대한 그리움이며, 그런 그리움은 오로지 피부로만 느낄 수 있는 따뜻함과 평화로움, 구수하고 순수한 기억들로 알록달록 물들어 있다.

문명은 생활의 편의를 제공하고 화려한 도시에 살기를 원하지만, 인간의 궁극적인 삶의 자리는 자연이다. 마음과 몸이 삶과 진정 화해할 수 있는 곳이다.

자연은 모든 삶의 고향이다.
그러므로 때가 지날수록 다시 시골로 돌아가고 싶은 것이다.

076

인간의 망상

인간은 자신이 위대하다고 생각해서
생각하고, 선동하고, 싸우고, 열심히 일한다.
빌딩과 컴퓨터와 최신식 무기를 만들어
바다와 산과 열대우림을 정복하고
강과 샘과 공기를 더럽혀
진보의 길 위에 있는 모든 것을 더럽히고 부순다.
인간은 자신이 신과 흡사하다고 생각한다.

그러나 이제 인간은 안다.
공룡들처럼 멸망해가고 있다는 걸
이 땅의 화산들이 불을 뿜기도 전에
화를 내고
초조해하며
죽어가고 있다는 걸.

077

열매는 성취다

열매는 성취된 삶의 개가다. 주어진 자신의 가능성을 구현하고자 하는
것은 모든 생명의 원초적 원리다.
그럼에도 불구하고 많은 생명의 목적은 좌절된다.
탐스럽게 여문 열매는 그러한 좌절을 극복한 생명체의 증거다.

열매는 그저 주어진 것이 아니라 일구어진 작품이다. 열매는 생명의 예
술품이다. 열매가 주는 미적 감동은 원천적 생명의 예술적 결실이 동반
하는 기쁨이다.

열매는 새로운 시작이다

자기 구현은 하나의 맺음이요, 맺음은 끝이며 끝은 하나의 죽음이다. 그래서 열매는 끝이다. 그러나 끝으로서의 열매는 새로운 시작이며 죽음으로서의 열매는 새로운 삶을 의미한다.

열매는 생명의 화석이 아니라 생명의 창작이며 내일로 뻗어가는 생명을 위한 축제다. 아름다운 열매는 언제나 살아 있고 살아 있는 열매만이 아름답다.

열매의 미학은 삶의 미학이다.

물건이 삶을 소유한다

물건들은 삶을 부축해 준다. 생활의 편의를 위한 방편이다. 필요로 하는 물건이 많다는 것은 그만큼 생활이 확장되었음을 의미한다. 삶을 힘이라 할 때 물건들은 그 힘을 상징한다. 누구나 많은 물건을 갖고 싶어 하고 사들이고 싶어 함은 당연하다.

그러나 소유하기 위해서 만든 많은 물건들이, 내 것으로 소유했다고 자랑스럽게 느꼈던 것들이 마침내 우리를 소유한다. 물건이 인간을 위해 있다기보다는 인간이 물건을 위해 있게 된다.

사르트르의 해석대로 물건에 대한 소유욕이 스스로를 사물로 전환시키려는 인간의 궁극적 욕망을 나타내는 것이라면, 많은 물건을 소유할수록 주체자로서의 인간성을 상실하게 됨은 분명하다.

080

소유와 행복

무엇 때문에 많은 양복, 많은 넥타이, 많은 스커트, 많은 귀고리, 많은 반지가 필요한가. 이사를 할 때 며칠이고 짐을 챙겨야 하는 사람이 가엾어 보인다. 자그마한 여행가방을 들고 훌훌 날듯 비행장을 나오는 여행자가 오히려 보이지 않는 삶의 풍요를 갖고 있어 보인다.

물건에 대한 지나친 소유욕을 버릴 때 그만큼 행복하고 자유로워지지만, 물건 자체도 그만큼 본래의 용도와 자유를 찾는다. 하나뿐인 만년필, 하나뿐인 반지는 나에게 없어서는 안될 것이기에 그만큼 중요한 의미를 갖는다.

지금 사람들은 너무 많은 물건을 갖고 있다. 인간은 물건에 대한 욕망에 사로잡혀 왔다. 어느덧 물건의 노예가 되어 있는지도 모른다. 두 벌의 와이셔츠, 세 켤레의 양말, 네 장의 팬티를 번갈아 빨아 입는다 해도 반드시 가난하거나 구두쇠여서가 아니다. 그것은 참다운 마음의 풍요, 자유를 찾고자 하는 마음 때문이다.

081

인정은 자기의 해방이고 확장이다

남의 바람과 어려움을 이해할 때 인정의 싹이 튼다. 남이 소원을 이루도록 도와주고, 남의 고통을 덜어주는 사람이 인정 있는 사람이다. 내가 나라고 하는 하나의 작은 세계를 넘어서서 남들 속에서 남들과 함께 존재함을 발견할 때 인정이 생긴다. 인정은 자기로부터의 해방이며 동시에 자기의 확장이다.

모든 사람이 시간과 공간 그리고 능력의 제약을 받지만,
누구나 다 같이 이기적이지만,
시시하나마 서로 주고받는 인정으로 인해
각박하고 냉혹하고 고달프고 어려운 삶도 때로는
잠시나마 풍요하고 따뜻하고 즐거울 수 있다.

"좋다, 나쁘다 '판단하지' 말고 행동하라.
선인가 악인가를 근심하지 말고 사랑하라!"

앙드레 지드

앙드레 지드 Andre Gide 1869~1951

문학의 여러 가능성을 실험한 프랑스 소설가.
《신프랑스 평론》 주간의 한 사람으로서 프랑스 문단에 새로운 기풍을 불어넣어 20세
기 문학의 진전에 큰 공헌을 하였으며 『사전꾼들』의 발표를 통해 현대소설에 자극을
줬다. 주요 저서에는 『좁은 문』, 『전원교향악』 등이 있다. 그는 진정성의 이름으로 질
서를 만들어가는 작업을 했는데 그가 위인으로 추앙받는 것은 자신의 신념을 설득하
기 위해 마지막 순간까지 지치지 않고 노력했기 때문이다. 그는 1947년 옥스퍼드대학
교의 명예박사 학위와 1950년 작가 최고 영예인 노벨문학상을 수상했는데 이것은 그
러한 그의 용기와 노력에 대한 평가였다.

083

그녀의 죽음

흰 천에 덮인 관은 깨끗하다.

검은 리본으로 장식된 고인의 사진은 말이 없다. 그녀는 며칠 전까지만
해도 물가에 대해서, 자기가 하는 일의 고달픔에 대해서, 늙어가는 나이
에 대해서, 죽음의 공포에 대해서, 삶의 의미에 대해서 언제나와 마찬가
지로, 어디서나와 마찬가지로, 누구한테나와 마찬가지로 그럴듯한 결론
이 없는 얘기를 주고받았다.

몹시 깔끔했던 그녀는 고운 얼굴과 옷깃 하나에도 세심한 주의를 기울
여 깨끗한 인상을 풍기지 않을 때가 없었다.

그러나 이제 그녀에게 모든 걱정과 즐거움, 모든 꿈과 계획은 아무런 의
미도 없다. 그녀는 지금 관 속에 말없이 누워 있을 뿐이다. 그녀에겐 이
제 무한한 그리고 영원한 평화가 있을 뿐이다.

죽음은 삶의 거울이다

한 사람의 죽음, 특히 가까웠던 사람의 죽음에서 가장 절실하게 느낄 수 있는 것은 단절감이다. 삶과 죽음의 뛰어넘을 수 없는 절대적 거리를 체험한다. 죽음은 삶의 절대적 종말, 삶과는 절대적으로 다른 새로운 존재 형태로 나타나기 때문이다.

죽음은 삶의 모습을 반영해주는 거울이다. 거울 속에서 새삼 삶의 무상함을 의식하고 삶의 의미를 생각한다.

아무리 좋은 음식도 되풀이 먹으면 맛을 잃는다. 아무리 순수하고 뜨거운 사랑도 세월이 지나면 식고 변한다. 어떤 사람이건 삶은 항상 봄이 아니며 꿀이 아니다. 항상 겨울의 찬바람과 쓰디쓴 쑥맛으로 얼룩져 있다. 어찌 보면 죽음은 궁극적인 축복이다. 죽음은 궁극적인 종말이다.

시시하고 고통스러워도 나의 삶은 유일하기 때문에,
죽음 또한 유일한 아름다움과 귀중한 의미를 가져다 준다.

인간은
자연 아닌 자연

인간은 그냥 돼지나 그냥 갈대가 아니라 생각하는 돼지
이며 생각하는 갈대다. 생각하는 갈대로서 인간은 자연
과 자기 자신을 인식하고 그것을 자신의 지혜, 결단, 의
지에 따라 바꾸어갈 수 있는 능력을 갖추고 있다. 인간
의 이러한 인지적, 의지적 능력도 자연의 우연한 일부
산물에 지나지 않지만, 그러한 능력으로 자연과 자기
스스로를 변형시킬 수 있다는 점에서 인간은 그냥 자연
과는 다른 이상한 자연, 자연 아닌 자연이다.

단 한번의 삶

누구나 단 한번밖에 못 산다.

지구상에 한번 태어나서 지구상에서 한번 살다가 지구상에서 한번 죽는다.

인생은 지구상에서만 존재하고 단 한번뿐이다.

죽으면 흙으로, 분자로 분해되어 자연으로 돌아간다.

인생의 낭비

단 한번밖에 살 수 없는 인생이 영원히 지속되는 것이 아니라
찰나 같기에 현재 우리가 살고 있는 한 해, 하루, 한 시간, 한 찰나는
그 하나하나가 절실할 수 있다.
단 한번만의 인생이 찰나같이 짧은 것이기에
우리가 무심히 지내는 하루하루,
한 순간 한 순간은 무한히 귀중하고
낭비하기에는 잠시의 시간이라도 너무나 아깝다.

인생의 목적

형이상학적이거나 초월적인 인생의 목적이 없다고 해서
절망해야 할 것인가? 그렇지 않다. 오히려 정반대다.

만약 인생의 목적이나 의미가 이미 객관적으로 존재한다면 인간은 이
세상에서 할 일이 없어 따분한 시간을 보내야 했을 것이다. 그러한 것이
부재하기 때문에 인간은 목적과 의미를 스스로 만들어낼 수 있다.

인생의 목적과 의미란 바로 그것을 스스로 만들어내려는 노력 자체에
있다.

인생의 의미는 누군가에 의해 밖에서 주어지는 것이 아니라
인간이 각자 스스로의 내부로부터 만들어내야 하는 것이다.

인생의 의미

성자같이 보낸 인생이 있고 개처럼 지내는 인생이 있으며, 예술작품 같은 인생이 있는가 하면 걸레 조각 같은 인생도 있다.

그리고 그것들의 의미는 결코 동일하지 않다. 그렇다면 어떤 삶을 선택할 것인가. 단 한번밖에 못 살고, 단 한번밖에 선택할 수 없다면 내 삶의 의미는 내가 현재 어떻게 사느냐에 따라 영원히 결정된다. 인생은 재수가 불가능하다. 한번 망친 인생은 영원히 망친 인생이다.

삶에 대한 태도의 결정, 삶에서 추구해야 할 가치의 선택 문제 앞에서 한없이 숙연해지는 이유가 바로 여기에 있다.

살아가는 태도

중요한 것은 살아가는 태도다. 그 구체적 내용이 무
엇이든 간에 옳고, 아름답고, 선하게, 즉 가장 인간답
게 살고자 하는 열정과 자신의 신조에 따라 가혹할
만큼 철저하게 자신에게 정직하고, 불꽃같이 뜨거운
열정으로 살고자 하는 태도이다.

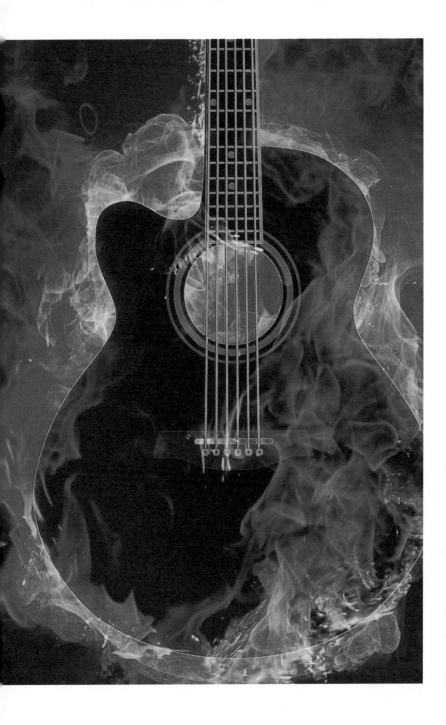

091

자아에 대한 태도

돌은 그냥 있고 물은 그냥 흐르며, 풀과 나무는 그냥 솟아나 자라다가 시들고 말라죽으며, 버러지나 짐승은 그냥 기고 뛰며, 그냥 먹고 싸고 번식하다 죽는다. 어떤 돌 조각, 물방울, 풀, 나무, 버러지, 짐승도 자아에 대한 의식을 갖고 '나는 무엇이냐'라는 물음을 던지지 않는다.

그러나 사람은 누구나 자아에 대한 의식을 하게 된다.

나는 무엇이며, 어디서 와서 무엇을 하고, 어디로 가는가?

092

고민

인간으로서 존재하는 한 아무도 선택을 피할 수는 없다.
그러나 선택은 책임을 동반하는 만큼 언제나 불안과 고민을 동반한다.
불안과 고민은 동물로서의 인간이 인간으로서의
인간으로 태어나기 위해 치러야 할 통과의식이며 대가이다.

'나는 생각한다, 고로 나는 존재한다.'
가 아니라
'나는 고민한다. 고로 나는 존재한다.'

093

영원한 물음

칸트

우리는 무엇을 알 수 있는가
우리는 무엇을 해야 할 것인가
우리는 무엇을 희망할 수 있는가

TITLE

DATE

To work against the grain 井
　　　　　　不意ない号
grist to meb mill = 屎の釘

- at a loss

- in a jiffy = immediately
Kibitz

- to run afoul of evidence

박이문

무엇이 어떻게 존재하는가
어떻게 살아야 하는가
죽은 후 무엇을 희망할 수 있는가
도대체 이 모든 것의 의미는 무엇인가?

LE   DATE

- to emaciate = 여위게 바-ㄴ
- to make their way home
- horrowiy = 약탈하는
- adrenaline 6흥분 땀 호르몬
- to wobl = 흔 들리다
- to be held hostage
- the sting of opprobrium = 치욕,
- to slight = 경시하-ㄴ
- ominous = 불길한
- to be ~~apologi~~ apoplectic over the
  fact = 폭도하다

255

삶의 경이로움

도대체 어째서 지금까지 나는
산과 바다가 있고,
동물과 인간이 있고, 아버지와 자식이 있으며,
탄생과 죽음이 있다는 사실,
내가 존재하고, 사람들이 생각하고,
호랑이가 사슴을 잡아먹고, 새가 버러지를 쪼아먹고,
고양이가 쥐를 잡아먹는 사실에

한번도 놀라본 적이 없었을까.

지금 나는 처음으로 이러한 모든 것들에서 놀라움을 경험한다.

더 배우고, 더 보고, 더 생각하라

아무것도 모르니까 조금이라도 알려고 애써야 하고, 아무것도 말이 되지 않으니까 무엇이라도 말이 되게 해야 한다. 궁극적으로 또 총체적으로는 아무것도 알 수 없고, 아무것도 말이 되지 않아도, 그래도 할 일은 끝이 없다. 총체적인 진리가 없더라도 부분적인 진리는 무한하고, 궁극적으로는 말이 되는 것이 없더라도 피상적으로 말이 되는 것은 얼마든지 있다. 무한한 시간이 없더라도 유한한 시간은 무수하며, 절대적인 것은 단 하나도 존재하지 않더라도 상대적인 것은 허다하다. 영원한 삶이 불확실하더라도 유한한 삶만은 분명하고, 근원적 의미는 깨달을 수 없더라도 잠정적 의미는 이해할 수 있다. 모든 것을 다 할 수 있는 사람이 아무도 없더라도 부분적인 것 조금은 누구나 다 할 수 있다.

알고 보면 사소하지만 그래도 할 일이 무한하고, 하고 있는 모든 일들은 시시하지만 나름대로의 의미로 충만해 있다.
더 배우고, 더 보고, 더 듣고, 더 읽고, 더 생각하고, 더 파악하라.

096

더 늦기 전에 선택하라

자신의 삶을 선택하라.
온몸이 찢어지듯 고민하라.
너무 늦기 전에 고민하고 선택하라.
때가 지나면 아무리 고민해도 소용없다.
나라는 주체는 나라는 고민 그 자체다.

어떠한 인생이 참다운 인생이며,
뜻있는 삶인가를 결정할 사람은 아무도 없다.

박이문 아포리즘 1

이 순간 이 시간 이 삶

– 아름다운 선택을 위하여

초판 1쇄 2016년 04월 27일

지은이 박이문
펴낸이 류종렬

펴낸곳 미다스북스
등록 2001년 3월 21일 제313-201-40호
주소 서울시 마포구 서교동 486 서교푸르지오 101동 209호
전화 02)322-7802~3
팩스 02)333-7804
블로그 http://blog.naver.com/midasbooks
트위터 http://twitter.com/@midas_books
이메일 midasbooks@hanmail.net

ISBN 978-89-6637-455-7(04810)
　　　978-89-6637-454-0(04810) 세트

값 13,200원

내가 정말 돌아가고 싶은 곳은

바로 지금 영원한 현재
이 순간 이 시간 이 삶